_____ 님께

당신이 있어서 참 행복합니다.
사랑합니다.

_____ 드림

부와 명예를 얻은 한 남자의
행복찾기 여행

행복수업

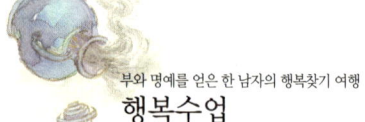

부와 명예를 얻은 한 남자의 행복찾기 여행

행복수업

지은이 로버트 루이스 스티븐슨 | 그린이 김혜영 | 옮긴이 김미

1판 1쇄 인쇄 2007년 2월 5일 | 1판 1쇄 발행 2007년 2월 20일

펴낸곳 황금비늘 | 펴낸이 손상열 | 디자인 이선애

등록번호 제 315-2003-19호 | 등록일자 | 2003년 11월 1일

주소 서울시 구로구 구로5동 107-8 미주오피스텔 2동 808호

전화 02)323-7243 | 팩스 02)323-7244 | e-mail foxshe@hanmail.net

ISBN 978-89-91013-06-3 03840   값 8,500원

부와 명예를 얻은 한 남자의 행복찾기 여행

행복수업

황금비늘

지금 행복하다고 느낀다면,
당신은 이미 진정한 성공의 절반을 얻은 것이다

차례

마법의 병

　하와이 섬에는 내가 키위라고 부르기로 한 사람이 산다. 내가 그를 키위라고 부르기로 한 이유는 그가 자신의 이름을 비밀로 해달라고 부탁했기 때문이다. 키위가 태어난 곳은 호나우나우라와 아주 가까운 곳이다. 그곳에는 키위대왕의 동굴무덤이 있다. 키위는 아주 가난한 집에서 태어났다. 그러나 그는 아주 부지런하고 호기심이 많은 사람이었다. 비록 학교에는 다니지 못했지만 혼자 글을 배우고 깨우쳐서 글도 잘 쓰고 읽을 줄도 알았다. 뿐만 아니라, 그는 배 위에서 첫 손가락에 꼽힐 정도로 유능한 선원이었다. 그래서 그는 한때 섬을 돌아다니는 증기선을 맡아 운항하기도 했다. 그는 또한 하마쿠아 해안에서 고래잡이배를 운전하기도 했다. 그러나 그의 마음속에는 항상 하와이를 벗어나 더 넓은 세상을 구경하고 싶다는 생각이 간절했다. 그래서 그는 하와이에서 샌프란시스코를 운항하는 배의 선원이 되었다.

그가 처음 본 샌프란시스코는 그 어느 항구도시보다 깨끗했다. 그뿐 아니라, 부자들도 셀 수 없을 만큼 많았다. 배 위에서 육지를 바라보면 호화로운 주택으로 둘러싸인 언덕이 또렷하게 보였다.

키위는 주머니가 든든하게 월급을 받아든 어느 날, 언덕길을 산책하게 되었다. 언덕길 양 옆으로는 커다란 저택들이 즐비하게 자리 잡고 있었다. 그는 천천히 걸으면서 저택들을 하나씩 보면서 걸어갔다.

'정말 대단한 동네야. 저런 집에 사는 사람들은 얼마나 행복할까? 미래에 대한 걱정도 할 필요가 없을 테고 말이야.'

키위는 마음속으로 이런 생각을 하면서 걸어갔다. 그

리고 다른 저택보다 크기는 작지만 장난감처럼 예쁘게 정원을 꾸민 집 앞을 지나가게 되었다. 그 집은 안으로 향하는 계단이 햇볕에 반짝반짝 빛이 났고, 정원에는 꽃들이 환하게 피어 있었다. 벽마다 붙어 있는 깨끗한 창문은 눈이 부시도록 빛났다. 키위는 저택의 모습이 너무나 아름다워 저절로 발걸음을 멈추었다. 그런데 마침 창가에 서성거리는 집주인인 듯한 사람과 눈이 마주쳤다. 그는 그물에 걸린 물고기처럼 걱정스런 얼굴을 하고 있었다. 그는 머리가 벗겨진 대머리 노인이었는데 얼굴에는 검은 수염이 나 있었다. 그는 키위를 보면서 걱정이 가득 쌓인 얼굴로 깊게 한숨을 내쉬었다. 키위는 노인과 창문을 사이에 두고 서로를 바라보았다. 둘은 서로를 무척 부러워하는 눈치였다.

그런데 갑자기 노인이 뭔가 깨달았다는 듯이 웃는 얼굴로 고개를 끄덕였다. 그러고는 키위에게 들어오라고 손짓을 했다. 영문도 모르는 채 키위가 정문 앞으로 다가가자 노인은 반갑게 문을 열면서 맞이했다.

"여기가 내 집이라네!"

노인은 말문을 열면서 깊게 한숨을 내쉬었다.

"집 구경을 하고 싶은가?"

"……?"

노인은 키위의 대답을 잘 알겠다는 듯이 집안으로 안내했다. 키위는 노인이 이끄는 대로 지하창고부터 다락까지 빠짐없이 구경을 했다. 키위를 놀라게 한 것은 집안 구석구석마다 놓여 있는 물건들이 하나같이 귀하디귀한 것이었기 때문이다. 키위는 갑작스런 광경에 어안이 벙벙해 졌다.

"정말 멋진 집입니다. 제가 이런 집에 산다면 얼굴에서 웃음이 하루 종일 떠나지 않을 것 같습니다. 헌데 어르신께서는 왜 그리 걱정스런 얼굴을 하고 계십니까?"

키위는 궁금하다는 듯이 노인을 바라보았다.

"뭐 특별한 이유는 없다네. 그리고 자네라고 이런 집, 아니 이보다 더 좋은 집을 못 가질 이유가 있겠는가? 자네 지금 돈은 조금 있겠지?"

"예. 50달러 정도 있습니다. 하지만 이런 집이라면 50달러 가지고는 턱도 없이 부족하겠지요."

노인은 잠시 생각에 잠겼다. 그리고 고개를 끄덕이면서 키위를 바라보았다.

"자네가 50달러밖에 없다니 아쉽군. 그게 나중에 자네에게 불리하긴 할 테지만 말일세. 50달러만 내면 내가 자네를 부자로 만들어 주겠네."

"이 집을 주겠다는 말씀인가요?"

"아니 이 집을 줄 수는 없지. 병을 준다는 말일세. 자네가 보기에 내가 부자인 것이 특별한 거 같지만 사실 이 집이나 정원은 모두 병이 안겨준 것일세. 바로 이 병이라네."

노인은 서랍을 열더니 주둥이가 길고 가운데가 둥근 호리병을 꺼냈다. 병은 우윳빛으로 맑았고 겉모양은 병이 움직일 때마다 무지개처럼 색깔이 변했다. 병 속에는 그림자인지 뭔지 모를 희끄무레한 것이 들어 있었다.

"이게 바로 그 병이라네."

노인의 말에 키위가 어이없다는 듯이 웃었다. 그러자 노인은 키위를 바라보면서 정색을 했다.

"내 말을 못 믿는 것 같은데, 그렇다면 자네가 직접 실험을 해 보면 되겠지. 이 병을 한번 깨뜨려보게나."

키위는 노인에게서 병을 건네받아서 바닥에 힘껏 던졌다. 그런데 병은 마치 아이들이 가지고 노는 공처럼 가볍게 튀어 올랐다. 자세히 살펴보았지만 깨지거나 금이 간 곳이 전혀 없었다.

"이거 참 이상한 물건이군요. 만지거나 눈으로 보면 틀림없이 유리병인데 깨지지 않다니?"

"유리병이 틀림없다네. 그 유리병은 지옥의 불로 달궈서 만든 것으로 병 안에는 도깨비가 한 마리 살고 있다네. 병 속에 어렴풋이 보이는 것이 바로 그것이라네. 누구든 이 병을 산 사람은 도깨비의 임자이며 주인이 된다네. 또한 병 속의 도깨비는 주인이 원하는 것이라면 사랑이면 사랑, 명예면 명예, 돈이면 돈 무엇이든 소원을 들어준다네. 이 집과 같은 저택이나 마을 전체를 가

지고 싶다고 소원을 말하면 모두 갖게 된다네. 나폴레옹도 이 병을 가지고 세계를 정복했지만 결국 병을 판 뒤 비참한 생애를 마쳤다네. 쿠크 선장도 이 병을 손에 넣어 많은 섬들을 발견했지만 병을 다른 사람에게 넘겨주고 나서 결국 하와이 섬에서 살해당했다네. 일단 병을 팔면 병을 가졌을 때의 능력 또한 다른 사람 손에 넘어가게 되어 있다네. 병의 임자가 욕심을 부리면 나쁜 일이 생기게 된단 말일세."

노인은 떨리는 목소리로 말했다.

"그렇게 신기한 병을 간직하지 않고 제게 팔려는 이유가 무엇입니까?"

키위는 이해가 되지 않는다는 듯 물었다.

"나는 내가 소원하는 바를 모두 이루었고 나이도 먹을 만큼 먹어서 힘도 없다네. 도깨비한테도 할 수 없는 것이 하나 있는데 그것은 사람을 더 오래 살 수 있도록 하지는 못한다는 것일세. 자네한테 병의 비밀을 털어놓지 않으면 불공평한 일일 테니 내가 말해 주겠네. 이 병은 한 가지 단점이 있다네. 그것을 병의 주인이 죽기 전에 다른 사람에게 팔지 못하면 그 사람은 죽어서 영혼이 지옥의 불길에서 영원히 벗어나지 못한다네."

"그게 사실이라면 악마의 저주가 분명하겠군요. 솔직하게 말씀해 주셔서 저도 분명히 말씀드리면 전 절대로 그런 병을 사고 싶지 않습니다. 집이 없어도 지금까지 잘 살아왔는데 욕심을 내서 무엇을 하겠습니까? 더군다나 죽어서도 저주를 받아 지옥에서 헤어나지 못하는 일은 꿈에도 생각하고 싶지 않습니다."

"젊은이, 너무나 급하게 생각하지 말게. 자네가 지혜롭게 도깨비의 능력을 이용하고 나서 나처럼 다른 사람에게 팔아버리면 자네는 남부럽지 않은 생활을 누릴 수가 있을걸세."

노인은 키위를 따뜻한 눈빛으로 바라보았다.

"저는 궁금한 게 두 가지 있습니다. 하나는 어르신께서 이루지 못할 사랑에 빠진 사람처럼 한숨을 내쉬는 까닭이 궁금하고, 또 하나는 이 병을 왜 그렇게 싸게 팔려는가 하는 겁니다."

"내가 한숨을 쉬는 이유는 아까 설명하지 않았나. 건강이 나빠져서 그런 거라고. 아까도 말했듯이 저승에 가서도 편히 잠들지 못하고 악마의 손길에서 벗어나지 못한다는 생각에 한순간도 마음이 편하지 않았다네. 내가 이 병을 싸게 파는 이유는 이 병에는 한 가지 규칙이 있어서라네. 그것은 이 병을 처음 산 가격보다 더 비싸게 팔아서는 절대로 안 된다는 이유 때문이라네. 만약 병의 주인이 다른 사람에게 팔 때 산 가격보다 비싸게 팔거나 같은 값에 팔면 이 병은 그 주인에게 다시 되돌아온다네. 옛날에 처음으로 이 병이 세상에 나왔을 때에는 값이 무척 비쌌다네. 그러나 이러한 규칙을 지키면서 수백 년을 거쳐 오는 동안 가격은 계속 내려가 지금처럼 값이 싸진 것이라네. 난 이 병을 언덕 위에 사는 이웃사람들한테 90달러를 주고 샀다네. 내가 이 병을 89달러 99센트까지 받고 팔 수 있지만 단 1센트라도 더 받았다가는 이 병이 다시 내게로 돌아올 것이네. 이 병을 파는 데는

항상 두 가지 문제가 걸린다네. 첫 번째는 내가 이 병을 80달러에 판다고 말하면 사람들은 내가 농담을 하는 줄 안다는 것이고, 두 번째는 이 자리에서 굳이 설명할 필요가 없는 거여서 그냥 넘어갔네만, 꼭 명심해야 할 것은 병을 팔 때에는 꼭 동전을 받아야 한다는 것일세."

"어르신께서 하신 말씀이 사실인지 아닌지를 제가 어떻게 믿을 수 있습니까?"

"믿지 못하겠다면 이 병으로 실험을 해 보면 알 것일세. 자네가 가지고 있는 50달러를 주고 이 병을 받게. 그러고 호주머니에 50달러가 있었으면 좋겠다고 소원을 빌어보게. 그래도 50달러가 생기지 않으면 나는 우리 사이에 있었던 거래를 없던 것으로 하고 돈을 바로 돌려주겠네."

"어르신께서 절 속이려는 것은 아니겠지요?"

키위는 믿지 못하겠다는 얼굴로 노인을 바라보았다.

"나는 돈도 명예도 가질 만큼 가진 사람이라네. 자네를 속여서 50달러를 더 가진다고 한들 무슨 소용이 있겠

나. 나를 믿고 한번 해 보게."

노인은 거짓말이 아니라고 키위에게 신신당부를 했다.

"좋습니다. 그럼 어디 한번 해보지요. 밑져야 본전일 테니까요."

키위는 노인에게 50달러를 건네주고 병을 받았다. 그리고 병을 바라보았다.

"병 속의 도깨비야? 난 50달러가 필요하단다."

키위의 말이 끝나자마자 그의 주머니가 불룩해졌다. 주머니에는 어느새 50달러가 들어 있었다.

"정말 신기한 병이네요."

키위는 눈을 커다랗게 뜨고 노인을 바라보면서 떨리는 목소리로 외쳤다.

"내 말이 틀림없지? 이제 악마의 저주가 자네에게 옮겨갔다네."

"잠깐만요. 이제 장난을 그만하는 것이 좋겠습니다. 이 병을 돌려드리겠습니다."

"자네는 내가 처음 이 병을 산 값보다 더 싼 값에 병을 산 것일세."

노인은 가만히 키위를 바라보면서 말했다.

"이 병은 이제 자네 것일세. 이제 일이 끝났으니 돌아가 주게."

노인은 중국인 하인을 불러 키위를 집 밖까지 배웅하라고 시켰다.

저택을 나선 키위는 병을 팔에 끼고 걸으면서 생각에 잠겼다.

"이 병의 비밀이 모두 사실이라면 내가 손해 볼 일은 없어. 그러나 노인이 날 놀리려고 한 일인지도 몰라."

키위는 주머니에 든 돈을 세어 보았다. 정확히 지폐 49달러와 1달러짜리 칠레 동전이 들어 있었다.

"이 돈을 보면 노인은 분명 거짓말을 한 것이 아닌데, 어디 다시 한번 시험을 해 볼까?"

키위는 걸음을 멈추고 주위를 둘러보았다. 정오가 가까워진 길 위에는 사람들이 보이지 않았고 쓰레기 한점 없이 깨끗했다. 키위는 병을 하수구 위에 내려놓고 얼른 저만치 걸음을 옮겼다. 그러면서 두 번이나 병을 돌아보 았지만 우윳빛을 띤 병은 자리에서 꼼짝 않고 그대로 있었다.

키위가 길모퉁이를 돌아가면서 뒤를 바라보는데 팔꿈 치를 건드리는 것이 있었다. 그것은 바로 조금 전에 하수구 위에 두고 온 주둥이가 긴 호리병이었다. 병은 키위의 주머니에 들어 있었고 거기에서 삐져나온 주둥이 가 팔에 부딪힌 것이었다.

"이 병이 요술을 부리는 병인 것은 틀림없다는 이야 기인데?"

키위는 혼자 중얼거리면서 상점들이 모여 있는 거리 로 갔다. 그리고 가게에서 병따개를 하나 샀다. 그리고 사람들이 없는 외딴 곳으로 가서 병따개로 코르크 마개 를 돌렸다. 그런데 아무리 애를 써도 열리기는커녕 꼼짝 도 하지 않았다.

"이 병마개는 새로 나온 코르크인가?"

혼자 중얼거리던 키위는 병을 보자 갑자기 무서운 생

각이 들었다. 온몸엔 소름이 돋고 식은땀이 흘렀다.

키위는 항구로 돌아가다가 어느 가게 앞에 걸음을 멈추었다. 그 가게에는 바다에서 나오는 조개와 곤봉, 선원들이 항구를 돌아다니면서 구해온 갖가지 진귀한 물건들이 진열되어 있었다. 게다가 중국과 일본의 풍경사진과 불상, 그리고 옛날 돈 등을 파는 가게였다. 키위는 손가락을 튕기면서 가게로 들어갔다. 그리고 가게 주인에게 병을 100달러에 팔고 싶다고 말했다. 가게주인은 키위 말을 듣고 큰소리로 웃더니 5달러라면 사겠다고 말했다. 가게주인의 눈에는 그 병이 지금까지 보아온 유리병과는 다르게 아주 예뻤기 때문이다. 또한 우윳빛 병 속의 그림자처럼 움직이는 것에 묘하게 마음이 끌렸던 것이다. 한참을 생각하던 주인은 키위에게 말했다.

"이 병을 60달러까지 쳐드리겠습니다."

가게주인과 흥정을 벌이던 키위는 60달러에 병을 팔고 가게를 나섰다. 가게주인은 병을 창가에 있는 선반에 올려놓았다.

가게를 나선 키위는 혼자 중얼거렸다.

"내가 요술 병을 50달러, 아니 칠레 동전 1달러를 뺀 49달러를 주고 사서 60달러에 팔았으니 병이 요술을 부리는지 아닌지 이제 알아볼 수가 있겠군."

키위는 중얼거리면서 자신이 일하는 배에 올랐다. 키위는 선실로 들어가 물건을 보관하는 상자를 열다가 깜짝 놀라고 말았다. 상자 속에는 뜻밖에도 그 병이 들어 있었기 때문이다. 때마침 키위와 함께 배에서 선원으로 일하는 로파카가 이 광경을 보고 물었다.

"키위, 왜 그래? 상자에 이상한 것이라도 들어 있나? 멍하니 상자만 들여다보고 있으니 말야."

마침 선실에는 두 사람밖에 없었다. 키위는 로파카에게 지금까지 있었던 일들을 이야기했다. 이야기를 모두 들은 로파카가 말했다.

"그 말이 사실이라면 정말 신기한 일이로군. 아무래도 키위 자네 그 병 때문에 골치깨나 아프겠네. 하지만 자네가 저주받은 그 병을 이미 샀으니 가지고 있는 동안

자네의 소원을 모두 말하게. 그리고 자네 소원이 모두 이루어지면 그때 그 병을 내게 팔게나. 나는 배를 한 척 사는 것이 소원이었는데 잘된 일이지 뭔가. 내가 소원대로 배를 한 척 사면 그걸 타고 섬을 돌아다니면서 장사를 할 생각이라네."

로파카는 키위 등을 두드리면서 말했다. 키위의 얼굴은 금세 밝아졌다.

"나는 한 번도 부자가 되는 꿈을 꿔본 일이 없네. 하지만 오늘 노인의 저택을 구경하고 마음이 달라졌다네. 내 고향 코나 해안에 정원이 딸린 멋진 저택을 짓고 싶다는 소원이 생겼어. 정원에는 꽃들이 활짝 피어 있고 커다란 창으로 햇볕이 따뜻하게 비추는 그런 집을 말일세. 벽에는 멋진 그림이 걸려 있고, 넓은 거실에는 멋진 카펫이 깔려 있고 탁자 위에는 아름다운 장식품이 놓여 있는 집을 말이야. 삼층으로 되어 있고 층마다 멀리 바다를 볼 수 있는 발코니가 있는 집 말일세. 그런 집에서 날마다 친구나 친척들과 함께 파티를 즐기면서 살고 싶다네."

"그렇다면 이 병을 가지고 하와이로 돌아가서 확인해 보세나. 자네 소원이 이루어지면 내가 이 병을 사서 나도 내 배를 갖는 소원을 빌어볼 테니 말이야."

키위와 로파카는 약속을 했다. 그리고 배는 호놀룰루를 향해 출발했다.

한가지 소원

키위를 태운 배는 긴 항해를 마치고 하와이로 돌아왔다. 키위의 고향 친구가 기다리고 있었다. 키위가 배에서 내리자 그 친구는 집안에 큰일이 생겼다고 말했다. 키위는 그를 이상하다는 듯이 바라보았다.

"자네가 왜 내 집안에 큰일이 생긴 이야기를 하는지 모르겠네?"

키위는 의아해하면서 물었다.

"키위, 자네가 아직 소식을 못 들은 모양이군. 자네의 마음씨 좋은 삼촌이 돌아가셨다네. 그뿐 아니라, 나이 어린 사촌동생은 바다에 빠져 죽었다네."

키위는 갑작스런 소식에 놀라 자리에 주저앉아 큰소리로 울음을 터뜨렸다. 병이 있다는 생각은 까마득히 잊고서 말이다. 마침 키위를 뒤따라오다 이 광경을 바라보던 로파카가 말했다.

"가만히 생각해 봤는데 자네 삼촌 땅이 하와이 해변 카우에 있지 않나?"

"카우가 아니라, 숲으로 둘러싸인 후키나 남쪽에 있지."

"삼촌네 가족이 모두 죽었으니 이제 그 땅은 키위 자네 것이 아닌가?"

"그렇게 되겠지."

갑자기 삼촌의 유산인 땅을 물려받게 된 키위는 넋나간 사람처럼 대답했다.

그리고 삼촌과 사촌 생각이 났는지 커다란 소리로 울었다.

"키위, 이제 눈물을 거두고 생각해 보게. 만약 이 모두가 병 속에 갇힌 도깨비 장난이라면 어떻게 하겠나?

자네 소원대로 이제 집을 지을 수 있는 땅이 생겼으니
말일세."

키위는 울먹이는 목소리로 로파카를 바라보았다.

"로파카 자네 말대로 내가 누군가의 불행으로 행복해
진다면 그건 나쁜 일이지. 그렇지만 자네 말이 맞을지도
모르겠네. 내가 그토록 집을 짓고 싶었던 곳은 바로 삼
촌 땅이 있는 그런 언덕이었으니까 말이야."

"자네에게 이제 땅은 생겼지만 아직 집 지을 계획을
세우지 못하지 않았는가?"

"그렇지. 더군다나 지금은 집을 지을 형편도 안 되고
말이야. 삼촌은 커피, 바나나 농사를 지어서 편안하게
살 정도는 되었지만 나머지 땅은 검은 용암으로 뒤덮여
서 쓸모가 없다네. 집을 지을 만큼 재산도 못되고."

"하지만 너무 마음을 놓지 말게. 내게 짚이는 것이 있
으니 어디 변호사라도 한번 찾아가 보세."

키위와 로파카는 항구에서 가까운 곳에 있는 변호사
를 찾아갔다. 변호사를 만난 키위는 새로운 소식을 듣게

되었다. 변호사는 키위에게 삼촌이 돌아가시기 전에 많은 돈과 유산을 남겼다는 사실을 알려주었다.

로파카는 웃으면서 말했다.

"삼촌의 유산으로 집을 짓고도 남을걸세."

"혹시 집을 지을 생각이라면 내가 훌륭한 건축 설계사를 소개해 드리지요. 워낙 설계를 잘해서 인근에서는 소문이 자자한 사람이니 마음에 들겁니다."

로파카의 이야기를 들은 변호사가 거들었다.

"거 보게. 일이 술술 풀리고 있지 않은가. 마치 정해 놓은 것처럼 일이 착착 풀리니 말일세. 우리는 그저 일이 풀리는 대로 따라가면 될 것이네."

로파카는 자기 일인 것처럼 들뜬 목소리로 말했다. 키위는 로파카의 말대로 건축 설계사를 찾아갔다. 건축 설계사는 키위가 올 줄 알았다는 듯이 책상에 설계도를 펼쳐 보였다.

"손님께서 멋진 집을 짓고 싶다면 이것은 어떻습니까?"

키위는 설계사가 내민 설계도를 보고 깜짝 놀라고 말았다. 설계도는 바로 키위가 꿈속에서 그려본 집과 똑같았기 때문이었다.

"제가 꿈속에 그려본 집이 바로 이런 집입니다. 비록 삼촌이 돌아가신 지 얼마 되지도 않고 그의 유산으로 집을 짓는다는 게 마음에 걸릴지라도 이 설계도대로 집을 짓겠습니다. 이것이 내게 찾아온 운명이라면 내 기꺼이 따를 것입니다."

키위는 굳은 어조로 다짐을 했다. 그리고 설계사에게 자신이 원하는 집안의 모양까지 꼼꼼하게 설명했다. 그뿐 아니라, 집에 들어갈 가구나 장식품까지 이야기한 뒤 돈이 얼마나 필요한지 물었다. 설계사는 키위에게 집의 구조에 대하여 자세히 묻고 하나하나 계산을 했다. 그런데 설계사가 집 짓는 데 들어갈 돈은 키위가 삼촌에게서 물려받은 유산과 딱 맞아떨어졌다.

키위와 로파카는 서로 얼굴을 바라보면서 고개를 끄덕였다.

"이제 나는 어쩔 수 없이 이 집을 지을 수밖에 없게 되었다네. 내가 병 속의 도깨비 도움으로 집을 얻게 되어서 그 벌로 좋지 않은 일이 생기더라도 한 가지만은 맹세하겠네. 앞으로 어떤 일이 생기더라도 절대로 병에게 소원을 빌지는 않을 것이네. 멋진 집을 갖고 싶다는 소망은 이미 내 입으로 내뱉었으니 어쩔 수 없는 일이지. 또한 마법의 병을 통해서 내가 덕을 본다고 그리 나쁠 것도 없지."

키위는 혼자 중얼거리면서 계약서에 서명을 했다.

그 뒤 키위는 로파카와 함께 타던 홀 호라는 배를 타고 호주로 출발했다. 두 사람은 말은 안 했지만 집이 다 지어질 때까지 설계사와 병 속의 도깨비가 마음대로 하도록 내버려 두는 것이 나을 것이라고 생각했다. 키위와 라파카를 태우고 호주로 향하는 배는 순조롭게 나아갔다. 키위는 배가 호주로 가는 동안 내내 병 속의 도깨비에게 절대로 소원을 빌거나 도움을 받지 않겠다는 맹세를 지키기 위해 마음을 다잡으며 지냈다. 홀 호는 무사

히 호주에 도착했고 배는 다시 하와이로 돌아갈 준비를
했다. 키위는 들뜬 마음으로 고향으로 돌아갈 시간을 기
다렸다. 설계사에게서 집이 다 지어졌다는 소식이 왔기
때문이다. 키위는 빨리 고향으로 돌아갈 생각에 조바심
이 났다. 자신이 상상했던 대로 설계사가 집을 지어놓았
는지 얼른 보고 싶었기 때문이다.

꿈의 궁전

키위는 긴 항해 끝에 고향으로 돌아와 지어진 집을 보고 깜짝 놀라고 말았다. 저택은 멀리 배에서도 보일 만큼 산마루에 아름답게 지어져 있었다. 저택 뒤로 나무들이 빽빽하게 자라는 숲은 구름에 닿을 듯했다. 집 아래로는 키위대왕이 잠든 동굴 절벽에서 흘러내린 검은 용암이 저택과 너무나도 잘 어울렸다. 저택을 둘러싼 정원에는 온갖 꽃들이 아름답게 피어있고 한쪽에는 파파야가 반대쪽에는 과일나무가 심어져 있었다. 바다가 보이는 현관 앞 정원에는 돛대가 서 있고 그 꼭대기에는 깃발이 펄럭이고 있었다. 삼층으로 지어진 저택은 각 층

마다 침실과 발코니가 널찍하게 자리 잡고 있었다. 유리로 된 창문은 투명하게 빛났고 응접실에는 고풍스런 가구들이 놓여 있었다. 응접실과 침실 벽에는 금테를 두른 액자들이 걸려 있었다. 거친 파도를 헤치고 나아가는 배의 모습과 남자들이 한데 엉켜 씨름을 하는 모습, 아름다운 여자가 우아하게 포즈를 취하는 모습 등 수많은 그림들이 화려한 빛깔로 그려져 있었다. 키위는 지금까지 그런 그림을 한 번도 본 적이 없었다. 집안을 화려하게 꾸민 장식품은 쉽게 구하기 힘든 물건들로 채워져 있었다. 음악이 흘러나오는 상자, 아름다운 소리를 내는 시계, 수많은 책들과 전 세계에서 모았을 무기, 그리고 혼자 사는 남자를 위한 퍼즐 게임기 등 더 이상 바랄 게 없을 정도였다. 그뿐 아니었다. 침실은 너무나 넓어서 사람이 살 수 있을까 싶을 정도였다. 발코니 또한 궁궐의 뜰처럼 넓어서 마을 사람들이 모두 모여 살아도 될 정도였다.

키위는 육지에서 부는 바람에 꽃들이 하늘거리는 뒤

쪽 발코니와, 바다와 절벽이 내려다보이는 정문 쪽에 나 있는 발코니 가운데 어느 쪽이 더 아름다운지 선뜻 말할 수 없을 만큼 둘 다 마음에 들었다. 집에서 내려다보면 쿠키나와 펠레 언덕까지 일주일에 한 번씩 운항하는 홀호가 바다에 떠 있는 것이 보였다.

저택을 한바퀴 돌아 본 뒤 키위와 로파카는 현관 앞에 앉았다.

"자네가 꿈속에 그렸던 그 집이 맞는가?"

로파카는 키위의 얼굴을 살피면서 물었다.

"정말 똑같다네. 지금 내 마음은 말로는 뭐라고 표현할 수 없을 정도라네. 내가 생각했던 집보다 훨씬 멋있고 너무 마음에 들어서 불안할 정도라네."

로파카는 키위의 말을 듣고 말없이 고개를 끄덕였다. 그리고 키위를 심각한 얼굴로 바라보았다.

"그런데 한 가지 생각해 보아야 할 것이 있네. 자네가 이런 집을 얻게 된 것은 자네의 타고난 복이지 병 속의 도깨비와는 아무런 관계가 없을 수도 있다는 것이네. 만약 내가 자네한테 병을 샀는데도 배를 얻지 못한다면 나는 얻는 것도 없이 저주만 받게 되는 꼴이지 않은가. 내 자네에게 병을 사겠다고 약속을 하긴 했지만, 날 위해서 병 속의 도깨비에게 한 가지 부탁을 청하면 안 될까?"

"난 다시는 소원을 빌지 않겠다고 맹세했네. 지금 이 정도도 나에게는 과분한 거라네."

"내가 부탁하고 싶은 것은 소원을 들어달라는 것이 아니라 도깨비를 직접 한 번이라도 봤으면 하는 거라네. 도깨비를 본다고 해서 크게 손해 볼 것도 없지 않은가. 도깨비를 내 눈으로 확인하면 더 이상 아무 말도 하지 않겠네. 내 부탁이니 도깨비를 보게 해주게. 그러면 내가 반드시 자네에게 돈을 주고 병을 사겠네."

"만약 도깨비가 무섭게 생겼다면 어떻게 할 셈인가? 그렇게 되면 자네는 병을 사고 싶다는 마음이 사라지지 않을까?"

"난 한 번 한 약속은 무슨 일이 있어도 지키는 사람이라네. 못 믿겠다면 지금 돈을 내놓겠네. 그러니 너무 걱정하지 말게."

"그렇다면 좋다네. 나도 실은 도깨비가 어떻게 생겼을지 궁금했었네. 도깨비야, 어서 나와서 모습을 보여다오."

키위의 말이 떨어지기 무섭게 도깨비는 도마뱀처럼 병에서 빠져나왔다가 재빠르게 다시 병 속으로 들어가 버렸다. 도깨비 모습을 본 두 사람은 몸이 그대로 굳어 버렸다. 두려움에 떨면서 두 사람이 꼼짝도 않고 앉아 있다 보니 밤이 찾아 왔다. 두 사람은 그때까지 서로 한 마디도 꺼내지 않았다. 그리고 로파카는 키위에게 돈을 내밀어주고는 병을 집어 들었다.

"난 약속을 잘 지키는 사람일세. 내가 소원이 있어서 이 병을 사겠다는 약속 때문에 가져가겠지만 솔직히 지금 심정은 발로도 이 병을 건드리고 싶지 않다네. 내가 소원하던 배와 약간의 돈만 챙길 정도가 되면 당장 이 병을 없애버릴 것이네. 도깨비를 본 순간 너무나 끔찍해서 모든 것을 다 잊고 싶어졌다네."

"로파카, 내가 이런 말을 한다고 날 너무 나쁘게 생각하지 말게. 지금은 너무 늦은 밤이고 시내로 가는 길이 험하고 묘지들도 있어 웬만하면 자네를 자고 가라고 붙잡고 싶지만 도깨비 얼굴을 본 순간 그 모습을 지우고 싶어 졌다네. 머릿속에서 도깨비를 완전히 잊어버릴 때까지는 제대로 잠도 잘 수 없을 것 같고, 먹을 수도 없을 것 같네. 그러니 밤길이 험하긴 하지만 등불과 병을 담을 바구니를 줄 테니 이 집에서 마음에 드는 물건을 모두 담아 가게. 그 대신 지금 당장 내 집에서 떠나도록 하게. 잠은 후키나에 가서 자는 것이 좋겠네. 정말 미안하네. 하지만 나도 어쩔 수가 없다네."

"키위, 도깨비 모습을 못 본 사람들은 너도나도 이 병을 탐낼 것이네. 나는 약속대로 이 병을 가져가겠네. 자네가 원하는 대로 병을 가지고 험한 밤길을 걸어서 시내로 돌아갈 것이네. 도깨비 모습이 머릿속에서 떠나질 않아 가는 길이 무척 위험하고 무섭게 느껴질 걸세. 하지만 나 또한 자네와 같은 마음이니 떠나라는 자네를 탓하고 싶지 않다네. 이제 자네가 이 집에서 행복하게 살기를 하느님께 기도하겠네. 또한 내가 소원하던 배를 얻고 병의 저주에서 벗어나 우리 두 사람 다 죽어서 천당에 갈 수 있도록 하느님께 빌겠네."

로파카는 말을 마치고 산길을 따라 시내를 향해서 어둠 속으로 사라져 갔다. 키위는 정문 앞 발코니에서 친구가 타고 가는 말발굽 소리가 희미해지고, 깜빡이는 등불이 점점 멀어지는 것을 내려다보았다. 키위대왕이 묻혀 있는 절벽 동굴을 지나갈 친구를 생각하면서 키위는 몸을 부들부들 떨면서 두 손을 모아 친구를 위해서 기도를 했다. 자신이 위험에서 벗어난 것이 하느님의 사랑 때문이라고 생각하면서 친구에게도 신의 은총이 내리길 빌었다.

이튿날 아침, 키위는 따사로운 햇볕을 받으면서 잠에서 깨어났다. 그는 저택에서 살게 되었다는 것이 너무 기쁜 나머지 지난밤에 본 도깨비 모습을 까맣게 잊어버렸다.

그 뒤 키위는 행복한 마음으로 하루하루를 보내면서 살았다. 그는 뒤뜰 정원에 있는 별채에서 지내면서 신문을 보거나 정원을 산책하였다. 가끔 누군가 찾아오면 키위는 저택을 구경시켜주고 안채에서 손님을 맞았다. 키위의 집에 대한 소문이 널리 퍼지면서 코나지역 사람들은 그 집을 대저택이라고 불렀다. 키위 저택의 중국 하인이 하루 종일 집안을 쓸고 닦아서 유리창은 눈을 뜨지 못할 만큼 빛났다. 그래서 사람들 사이에서는 빛나는 저택으로 불리기도 했다. 키위는 집안에 들어설 때마다 항상 마음이 뿌듯해져서 콧노래를 흥얼거렸다. 멀리 바다 위로 배가 지나갈 때면 키위는 집 앞 정원에 있는 돛대에 깃발을 올리기도 했다.

코쿠아, 운명의 여인

시간은 빠르게 흘러갔다. 어느 날, 키위는 카이루아에 사는 친구를 만나러 갔다. 키위는 친구에게서 융숭한 대접을 받고 하룻밤을 묵었다.

이튿날 아침, 키위는 오랜만에 집을 비웠다는 생각에 조바심이 났다. 그는 친구에게 인사를 하고 빨리 집으로 돌아가기 위해 말머리를 흔들었다. 마침 다가올 밤은 이곳 사람들에게 옛날부터 전해 오는 유령이 나타난다는 날이기도 했기 때문이다. 이미 병 속의 도깨비를 통해서 악마의 모습을 본 키위는 유령이라고 하면 사람들보다 더 마음이 쓰였다. 키위는 경치가 좋은 호나우나우를 지나면서도 묵묵히 앞만 보고 갔다. 그러다가 멀리 바닷가를 바라보다가 깜짝 놀랐다. 마침 바닷가에서 목욕을 하는 여자가 보였기 때문이다. 목욕하는 여자가 처녀처럼 보였지만 그는 더 이상 관심을 갖지 않았다. 마침 목욕을 마친 여자는 흰 속옷에 빨간색 원피스를 챙겨 입고 키위가 말을 몰아가는 길목으로 걸어 나왔다. 말이 워낙 빨리 달렸기 때문에 키위는 금방 목욕을 마친 여자와 만날 수 있었다. 그녀는 목욕을 마친 뒤라 그런지 얼굴이 붉게 상기되어 있었다. 뿐만 아니라, 반짝이는 눈망울은 무척이나 상냥해 보였다. 키위는 고삐를 잡아당기면서 그녀를 바라보았다.

"내가 이곳에 모르는 사람이 없는데 당신은 처음 보는 것 같군요?"

"저는 코쿠아라고 하며 키노아의 딸입니다. 오하우에서 지내다가 얼마 전에 이곳에 왔답니다. 그런데 실례지만 누구이신지요?"

"내가 누군지는 조금 있다가 가르쳐 주리다."

키위는 멈춰 선 말에서 훌쩍 뛰어내리면서 말했다.

"너무 이상하게 생각하지 마십시오. 내가 생각하는 것이 있어서 그러니 내 이름은 나중에 가르쳐 주리다. 내 이름을 밝히면 내 소문을 들었을 수도 있기 때문이오. 그리고 내가 묻는 말에 솔직하게 대답하지 않을 수도 있고. 혹시 아가씨는 결혼을 했습니까?"

키위의 말에 코쿠아는 큰소리로 깔깔거리면서 웃었다.

"그렇게 묻는 당신은 결혼을 하셨나요?"

"안 했습니다. 조금 전까지 한 번도 결혼하고 싶다는 생각을 해본 적이 없습니다. 솔직하게 말하면 당신과 눈이 마주친 순간 생각이 바뀌었습니다. 별처럼 반짝이는 당신의 맑은 눈망울에 마음을 빼앗겼습니다. 내 마음은 그 순간 파랑새처럼 당신에게로 날아갔습니다. 자, 이제 내가 당신에 대한 내 마음을 털어 놓았으니 당신은 내가 마음에 들지 않는 것이 있다면 솔직하게 말해주시오. 그렇다면 내 두말 않고 가던 길을 가겠습니다. 혹시라도 다른 남자들과 다르지 않게 여긴다면 말입니다. 지금 당신의 아버지 집에 찾아가 이야기를 나누어 보고 싶습니다."

코쿠아는 키위의 말에 아무런 대답도 하지 않고 바다를 바라보면서 웃었다.

"코쿠아, 당신이 대답을 해주지 않는다면 내가 싫지 않다는 뜻으로 알겠소. 그러니 지금 당신 아버지 집으로 갑시다."

코쿠아는 아무 말이 없이 천천히 발걸음을 옮겼다. 앞장을 서서 걷다가 가끔씩 키위가 따라 오는지 돌아다 보곤 했다. 그녀의 입에는 머리에 쓴 모자 줄이 물려 있었다.

키위가 그녀의 집에 도착했을 때, 키노아는 마침 베란다에서 두 사람을 맞았다. 키노아는 키위를 보고 기뻐서 어쩔 줄 몰라 하면서 반겼다. 아버지 모습을 본 코쿠아는 다시 한번 키위를 곁눈질로 바라보았다. 코쿠아는 자신을 따라 온 사람이 소문으로만 듣던 대저택의 주인이라는 것을 알았다. 코쿠아는 키위가 그리 싫지 않았고

그가 아까 했던 말도 이해가 갔다. 코쿠아의 집은 저녁 내내 온 가족이 모여 때 아닌 잔치를 벌였다. 잔치가 열리는 동안 코쿠아는 늘 그래왔던 것처럼 수다스럽다 싶을 정도로 활달한 모습을 보여 주었다. 그녀의 부모는 그런 딸의 행동이 여자답지 못하다고 눈치를 주기도 했다. 그러나 코쿠아는 누구의 눈치도 보지 않고 타고난 재치로 잔치가 끝날 때까지 키위를 장난하듯 놀려댔다.

이튿날 키위는 키노아와 이야기를 나눈 뒤 코쿠아에게 갔다.

"코쿠아, 어젯밤 당신이 날 계속 놀리고 장난을 쳤는데 이제 작별인사를 할 시간이 된 것 같군요. 내가 어제 당신에게 이름을 말하지 않은 것은 내 집에 대한 소문이 너무 많아서 그랬던 것이오. 혹시 당신이 저택에 눈이 멀어서 당신에 대한 내 마음을 진심으로 알아주지 않을지도 모른다는 생각이 들었기 때문이오. 이제 당신이 내모든 것을 알게 됐으니 당신의 솔직한 마음을 얘기해 주시오. 만약 내가 싫다면 다시는 당신 앞에 나타나지 않으리다."

"아니에요."

코쿠아는 대답을 하고 어제처럼 웃음을 터뜨리지는 않았다. 키위는 더 이상 아무 말도 하지 않았다.

키위는 바로 코쿠아에게 청혼을 했다. 두 사람은 만난 지 이틀밖에 안됐지만 결혼 준비는 빠르게 진행되었다. 두 사람은 멀리 떨어져 살아 쉽게 만날 수는 없었지만 서로의 마음을 빼앗겨버렸다. 코쿠아는 단지 두 번밖에 보지 못한 남자 때문에 부모와 고향을 떠나야 하는 마음이 아팠다. 하지만 코쿠아의 머릿속에는 온통 키위 생각으로 가득 찼다. 코구아의 귓가에는 바닷가에 부딪치는 파도소리에서도 키위의 목소리가 묻어나오는 듯했다.

키위 또한 집으로 돌아오는 동안 코쿠아 생각이 머릿속을 떠나지 않았다. 키위를 태운 말은 묘지를 지나 숲속에 있는 저택을 향해 달려갔다. 말이 달리는 동안 키위의 노랫소리는 키위대왕이 묻힌 동굴까지 울려 퍼졌다. 집에 돌아온 키위 입에서는 노랫소리가 떠나질 않았다. 심지어 넓은 발코니에 앉아 밥을 먹으면서도 노래를 흥얼거렸다. 중국 하인은 키위가 어떻게 밥을 먹으면서까지 노래를 부르는지 이해가 되지 않아 고개를 갸우뚱거렸다.

뜨거웠던 태양이 서쪽 바다로 지고 밤이 찾아왔다. 키위는 혼자 집에서 나와 뒷산 꼭대기에 올라갔다. 산에 오른 키위의 노래는 멀리 퍼져나가 바다에 떠 있는 배 안까지 들렸다. 선원들은 갑작스러운 노랫소리에 모두 놀랐다.

"이 산꼭대기에 오른 지금부터 나는 태어나서 최고로 기쁜 밤을 맞을 거야. 지금까지 지녔던 잡념들을 깨끗이 지워버리고 신부를 맞이할 거야. 이제 안채의 침실에 처음으로 불을 밝히고 뜨거운 물에 목욕을 한 다음 신혼방에서 혼자 잠을 자겠어."

키위는 중얼거리면서 산에서 내려왔다. 집으로 돌아온 그는 하인에게 목욕물을 준비하라고 말했다. 하인은 잠에서 깨어나 눈을 비비면서 난로에 불을 지폈다. 하인이 목욕물을 준비하는 동안에도 방에서는 노랫소리와 기쁨에 찬 목소리가 들려왔다. 물이 따듯하게 데워지자 하인은 주인에게 알렸다. 키위는 목욕탕에 들어가 욕조에 물을 채우면서도 노래를 계속 불렀다. 옷을 벗던 키위의 노랫소리가 갑자기 그쳤다.

하인은 이상한 생각이 들어 욕실 앞에서 더 필요한 것이 없는지 물어보았다. 키위는 없다고 짤막하게 대답을 하고는 그만 가서 자라고 말했다. 그 뒤 더 이상 키위의 노랫소리는 들려오지 않았다. 하인은 밤새 그의 주인이 발코니에서 서성대는 소리를 들었다.

욕실에서는 무슨 일이 벌어진 것일까? 키위는 목욕을 하려고 옷을 벗다가 자신의 몸에 바위에 낀 이끼처럼 부스럼이 난 것을 발견하였다. 그 순간 키위는 숨이 멈추는 듯하여 입을 다물었다. 키위의 몸에 난 부스럼은 이곳 사람들이 중국악마라고 부르는 나병이었기 때문이다. 나병에 걸린 사람은 죽을 때까지 불행하게 살아가야 한다. 이렇게 넓고 멋진 집을 놔두고 가파른 절벽과 높다란 방파제로 둘러싸인 나병환자촌인 몰로카이 북쪽 바닷가로 가야 하는 사람에게는 더욱 그랬다. 키위는 바로 어제 사랑하는 사람을 만나 오늘 아침 그녀의 사랑을 확인했다. 그런데 그가 가슴속에 품었던 꿈들이 바위에 산산이 부서져버린 파도처럼 느껴졌다. 키위에게는 모든 것이 절망뿐이었다.

키위는 욕조에 멍하니 앉아 있다가 자리에서 벌떡 일어났다. 답답한 가슴을 어찌 할 수 없어서 소리를 지르면서 밖으로 뛰어나왔다. 온몸을 짓누르는 괴로움을 어찌지 못해 발코니를 왔다갔다 서성거렸다.

"내가 조상들 대대로 살아온 하와이를 떠날 수 있을까? 이 집을 두고 가벼운 마음으로 몰로카이에서 다른 환자들과 함께 갇혀서 생활할 수 있을까? 도대체 내가 무슨 잘못을 저질렀기에 어제 코쿠아를 만나는 운명을 맞이했단 말인가. 코쿠아! 내 영혼을 사로잡은 여인이여. 내 삶의 빛인 여인이여. 내 그대와 죽을 때까지 함께 살 약속을 지킬 수가 없게 되었네. 이제 다시는 그대를

볼 수도 만질 수도 없는 몸이 되었다네. 내 당신을 위하여 당신을 버릴 수밖에 없다네. 사랑하는 코쿠아여! 내 가슴이 내려앉는 소리를 듣고 있는가."

밤을 지새우면서 아파하던 키위는 갑자기 도깨비가 들어 있는 마법의 병이 머릿속에 떠올랐다. 키위는 발코니를 돌아 뒤뜰 현관으로 걸어가는 동안 병에서 튀어나온 도깨비 모습이 생각나자 온몸에 소름이 돋았다.

"그 병은 악마가 저주를 내린 병이고 도깨비는 저주를 불러온다. 죽어서도 지옥의 불속에서 헤어나지 못하는 것도 저주임에 틀림없어. 하지만 다른 무슨 방법으로 이 병을 고칠 수 있단 말인가. 나는 코쿠아와 정말 결혼을 할 수는 있을까? 그런데 나는 악마의 유리병을 얻어 이 집을 갖게 되었다. 코쿠아와 결혼을 하기 위해 다시 한번 유리병 속의 도깨비를 상대하지 못할 이유가 무엇이란 말인가."

혼자 중얼거리던 키위는 아침이 오면 호놀룰루로 가는 홀 호가 이 섬을 지나간다는 것이 생각났다.

"아침이 되면 로파카를 만나봐야겠어. 내가 그렇게 팔고 싶었던 병을 이제는 꼭 다시 찾아야 해. 지금 내 병을 고치는 방법은 그 길밖에 없어."

키위는 이런저런 생각에 밤을 꼬박 샜다. 아침밥은 마치 모래를 씹는 것 같아 목구멍으로 넘어가질 않았다. 그는 키아노에게 하인을 보내서 로파카가 탄 증기선이 몇 시쯤에 호눌룰루로 가는지 알아냈다. 그리고 말을 타고 키위대왕이 묻힌 절벽을 따라 내려갔다. 비가 내려 길이 미끄러운지 말의 발걸음은 무척 무거웠다. 그는 절벽 가운데 뚫려 있는 시커먼 동굴 무덤을 바라보면서 지금 자신의 모습을 생각했다. 그리고 세상의 모든 고통을 모두 벗어던지고 죽은 이들이 부럽다는 생각을 했다. 바로 어제까지만 해도 세상을 다 얻은 듯한 기분이었는데 하루 만에 그의 운명은 천당에서 지옥으로 곤두박질친 것이다.

키위가 후끼나 부두에 도착하자 호눌룰루로 가는 증기선을 타려는 사람들이 모여 있었다. 사람들은 가게 앞

에 쳐놓은 천막에 앉아서 이야기를 나누고 있었다. 그러나 키위는 한마디도 말 하고 싶지가 않았다. 키위는 그저 사람들 틈에 끼여 앉아 지붕 위로 떨어지는 빗줄기와 멀리 바위에 부딪쳐 산산이 부서지는 파도를 바라보면서 깊은 한숨을 내쉴 뿐이었다.

"대저택 주인인 키위가 오늘 좀 이상하네그려. 오늘 따라 말을 한마디도 하지 않으니 말이야."

사람들이 자신의 이야기를 수군거렸지만 키위의 귀에는 전혀 들리지가 않았다. 드디어 호눌룰루까지 왕복하는 홀 호가 부두에 도착했다. 키위는 급한 마음에 고래잡이배를 가로질러 홀 호에 올라갔다. 홀 호 뒤쪽에는 화산이 폭발하는 모습을 구경하러 온 관광객들과 커나커 원주민들로 가득했다. 배의 앞머리에는 카우에서 실려 온 말과 힐로의 야생 소들이 가득 실려 있었다. 키위는 시끄러운 배 안과 주위에 아랑곳하지 않고 혼자 멀리 떨어져 앉아서 키노아의 집을 보았다. 바닷가에 듬성듬성 자리 잡은 바위 뒤로 코코아 야자수 그늘에 가려진

나지막한 키아노의 집이 보였다. 문 앞에는 갈색 강아지가 집 마당을 뛰어다니는 모습도 어렴풋이 보였다.

"아, 내 마음의 여신이여. 내 영혼을 다 바쳐서라도 그대를 얻으리라."

얼마 지나지 않아 하루해는 저물었고 밤이 찾아왔다. 홀 호의 선실에는 불이 환하게 켜져 있었다. 원주민들은 늘 하던 대로 카드놀이를 하면서 위스키를 마셨다. 그러나 키위는 밤새 갑판을 서성대면서 잠을 이루지 못했다. 다음날 배는 마우이와 몰로카이를 지나 거친 파도를 헤치면서 바다로 나아갔다. 배가 항해를 하는 동안 키위는 우리에 갇힌 야생동물처럼 가만히 있질 못하고 갑판을 어슬렁거리면서 돌아다녔다. 오후가 지나면서 배는 다이아몬드헤드지역을 지나 호놀룰루 항구에 도착했다. 키위는 배에서 내려서 로파카를 수소문해 찾기 시작했다.

로파카는 호놀룰루에서 제일가는 스쿠너(소형범선)의 주인이 되어 있었다. 그러나 그는 폴라폴라와 카히키 지역까지 모험 항해를 떠난 뒤라 만날 수가 없었다. 키위

는 로파카의 친구인 변호가가 생각나서 그를 찾아가서 로파카 소식을 물어보기로 했다. 그런데 그 변호사도 근래에 갑자기 부자가 되었고 와이키키 해변에 멋진 저택을 샀다는 소식을 사람들에게 전해 들었다. 키위는 변호사가 갑자기 부자가 된 것이 이해가 갔다. 키위는 택시를 불러 변호사 집으로 향했다.

새로 지은 변호사의 집은 정원에 심은 나무들은 어른 허리만큼의 크기밖에 되지 않았다. 변호사 얼굴에는 지금의 생활에 만족해하는 표정이 가득했다.

"무슨 일로 찾아오셨습니까?"

"당신이 로파카의 친구인 줄 알고 있습니다만. 로파카가 얼마 전에 내게서 물건을 하나 사 갔는데 당신이라면 그 물건이 지금 어디에 있는지 알 것 같아서 찾아왔습니다."

키위의 말에 변호사 얼굴이 갑자기 어두워졌다.

"당신의 말을 모른다고는 하지 않겠습니다. 그러나 도깨비 병에 대해서 다시는 떠올리고 싶지 않은 기억이라서 말입니다. 나도 정확히는 모르지만 짐작이 가는 곳이 있습니다. 당신이 그 물건을 찾고 있는 게 맞다면 어디로 가면 찾을 수 있는지 주소를 가르쳐 주리다."

변호사가 한 남자의 이름을 가르쳐 주었다. 그렇지만 그의 이름을 밝히지 말아달라고 신신당부를 했다. 키위는 변호사의 말을 듣고 사람들에게 물어물어 도깨비 병을 가지고 있을 사람을 찾아다녔다. 그러나 키위가 찾아가는 집마다 주인들은 새 옷과 새 마차, 새 집, 그리고 온갖 금은보화를 얻어 부러울 것이 없는 표정을 지었다. 그렇지만 키위가 찾아온 용건을 말하면 한결같이 모두 얼굴이 어두워졌다.

"내 짐작이 틀림없어. 찾아가는 곳마다 좋은 옷과 마차를 가진 것은 모두 도깨비의 장난이야. 모두 부자가 된 뒤에는 그 저주의 도깨비 병을 다른 사람에게 팔아치운 것이 분명해. 계속 병을 찾아다니다 보면 창백한 얼굴로 한숨을 짓는 사람을 만나게 되겠지. 불행한 도깨비 병의 주인을 내가 만나는 것도 이제 시간문제야."

키위는 혼자 생각을 하면서 도깨비 병을 계속 찾아 다녔다. 그러다가 결국 키위는 베리타니아가에 사는 한 원주민의 이름을 알아내고 그의 집을 찾아갔다. 시간은 벌써 저녁식사 무렵이었고 집을 보니 새로 꾸민 정원이며 창마다 번쩍거리는 전깃불이 들어오는 새 집이 틀림 없었다. 키위가 문을 두드리자 집주인이 밖으로 나왔다. 집주인의 얼굴을 본 키위는 가슴속에 희망과 두려움이 동시에 찾아들었다. 아직도 젊은 주인의 얼굴은 송장처럼 창백했고 눈 밑에는 시꺼멓게 그늘이 드리워져 있었다. 머리에는 머리카락이 많이 빠져 있었다. 그 모습은 마치 처형을 기다리는 사형수의 모습 바로 그것이었다.

"이곳에 병이 있겠구나."

키위는 마음속으로 짐작을 하고 집주인에게 자신의 용건을 말했다.

"나는 병을 사러 왔습니다."

"병? 정말 병을 사러 왔다고요!"

젊은 집주인은 소스라치게 놀라면서 숨이 막히는지 말

을 더듬었다. 그러고는 다짜고짜 키위의 팔을 잡고 집안으로 끌고 들어갔다. 키위는 그가 이끄는 대로 집안으로 따라 들어갔다. 그러자 집주인은 포도주를 두 잔 따라서 키위에게 한 잔을 권했다.

"고맙습니다."

키위는 집주인인 하오레스 원주민 풍습대로 인사를 했다.

"나는 도깨비 병을 사러 왔습니다. 병 값은 얼마입니까?"

"값이오? 지금 값도 모르고 왔다는 말씀입니까?"

"예, 정말로 몰라서 묻는 것이오. 그런데 왜 그렇게 놀라는 얼굴을 하십니까? 가격에 문제라도 있습니까?"

"그게, 손님이 사셨을 때보다 값이 많이 떨어졌습니다."

젊은 집주인은 떨리는 목소리로 말을 더듬었다. 그러나 키위는 아무렇지도 않은 얼굴로 말했다.

"값이 많이 떨어졌다면 더욱 좋지요. 내 주머니에서

돈이 덜 나가게 되니 말이요. 당신은 그 병을 얼마에 샀습니까?"

"2센트 주고 샀습니다."

"2센트를 줬다고요? 그렇다면 내게 1센트에 팔면 되겠군요. 그리고 그 다음에 살 사람은……?"

키위는 갑자기 할 말을 잃어버렸다. 1센트에 병을 사면 다시는 병을 팔 수 없을 것이고, 병 속의 도깨비는 죽는 날까지 자신을 따라다니다가 끝내 지옥의 불구덩이까지 따라와 괴롭힐 것이라는 것을 깨달았기 때문이다. 젊은 집주인은 갑자기 키위 앞에 무릎을 꿇고 엎드렸다.

"제발 이 병을 사 주십시오. 제가 가진 전 재산을 드리겠습니다. 제가 이 병을 살 때에는 잠시 욕심에 눈이 멀었습니다. 일하던 가게에서 돈을 훔치다가 주인에게 들켜서 감옥에 가는 것이 무서워서 아무 생각도 없이 병을 샀습니다만……."

집주인은 후회의 눈물을 흘렸다.

"이런 불쌍한 사람 같으니라고. 아무 생각도 없이 죄

를 지어 신세를 망칠 뻔했구려. 벌을 받지 않으려다가 결국 목숨을 판 꼴이 되어 버렸으니. 그러나 너무 걱정 마시오. 내 당신의 마음을 누구보다 잘 알고 있으니 병을 지금 내게 파시오. 물론 잔돈은 준비해 두었겠지요. 여기 5센트 동전이 있습니다."

젊은 집 주인은 허겁지겁 서랍에서 잔돈을 꺼내 키위에게 주었다.

키위는 병을 손에 넣는 순간 자신의 병이 낫게 해달라고 소원을 빌었다. 그리고 집에 돌아와 방문을 잠그고 옷을 벗은 뒤 거울을 바라보았다. 그의 몸은 어린아이의 몸처럼 깨끗했다. 부스럼은 몸 어디에도 보이지 않았다. 그러나 바로 그 순간 키위는 자신의 마음이 묘하게 변하는 걸 느꼈다. 몸에서 기적이 일어난 것을 본 순간 나병에 대한 걱정이나 코쿠아에 대한 생각은 전혀 나지 않았다. 그의 머릿속에는 오로지 도깨비가 영원히 자신을 따라다닐 거라는 생각뿐이었다. 불기둥이 솟아오르는 지옥을 상상하는 순간 절망감이 그를 사로잡았다.

키위는 머릿속의 무서운 생각을 떨쳐 내려고 숨을 크게 쉬면서 정신을 가다듬었다. 문득 오늘이 호텔에 딸린 술집에 악단이 나와 연주하는 날이란 걸 깨달았다. 그는 혼자 있는 것이 싫어서 호텔로 갔다. 그러나 행복에 겨워하는 사람들 사이에서 키위는 마음을 잡지 못하고 서성거리면서 귓전으로 음악소리를 흘려보낼 뿐이었다. 사람들이 음악소리에 맞추어 춤을 추는 동안에도 그의 머릿속에는 끝을 알 수 없는 두려움과 지옥의 골짜기에 타오르는 시뻘건 불기둥만 가득할 뿐이었다. 악단은 갑자기 키위가 코쿠아와 처음 만나서 함께 불렀던 노래를 연주했다. 키위는 갑자기 새로운 용기가 생겼다. 그는 혼자말로 중얼거렸다.

"이미 엎질러진 물이야. 다시는 돌이킬 수 없는 일이니 걱정을 잊어버리자. 죽어서 지옥에 떨어진다 해도 살아 있는 동안 내 영혼을 판 대가를 받아야지."

또 하나의 소원

다음날 새로운 마음을 다진 키위는 증기선을 타고 하와이로 가 코쿠아와 결혼식을 올렸다. 그리고 산기슭에 있는 저택으로 코쿠아와 함께 돌아왔다.

결혼식을 올린 뒤, 키위는 사랑하는 코쿠아와 함께 생활하면서 마음에 평화를 되찾았다. 그러나 가끔 혼자 지낼 때면 무서움에 사로잡혔다. 지옥의 높다란 불기둥이 마치 온몸을 휘감을 듯한 환상이 그를 괴롭혔기 때문이다. 코쿠아는 키위를 진심으로 사랑했고 몸과 마음을 다 바쳤다. 키위가 괴로워하는 모습을 볼 때마다 코쿠아는 타오르는 사랑으로 감싸주었다. 머리에서 발끝까지 예쁘게 꾸민 코쿠아의 모습은 마치 천사처럼 아름다웠다. 그녀를 대하는 사람들은 저절로 기분이 좋아져서 모두 환한 웃음을 지었다. 코쿠아는 태어날 때부터 고운 마음씨를 지녀 모든 사람에게 친절하게 대했다. 뿐만 아니라 노래 솜씨도 뛰어났던 그녀는 행복에 젖은 모습으로 삼층으로 된 저택 계단을 나비가 춤을 추듯 오르내리면서 노래를 불렀다. 코쿠아의 노래를 들은 사람들은 모두 탄성을 질렀다. 키위는 그런 아내의 아름다운 모습과 노래를 들을 때마다 벅찬 사랑이 가슴에 가득했다. 그러나 혼자 있을 때마다 아름다운 아내를 얻기 위해 엄청난 대가를 지불한 것을 깨닫고는 방 한구석에 쪼그리고 앉아서 깊은 한숨을 내쉬었다. 때로는 아내 몰래 눈물을 흘리고는 세수를 했다. 그리고 애써 밝은 얼굴로 발코니로 나가 아내의 노랫소리를 들었다. 코쿠아가 환한 웃음을 지어 보이면 마음 한구석이 무너져 내리는 것을 느끼면서도 겉으로는 태연한 척 웃어주었다.

그러나 시간이 흐르면서 코쿠아의 얼굴에서는 조금씩

밝은 웃음이 사라졌다. 집안에서는 노랫소리도 점점 들리지 않았다. 그녀 또한 혼자 있을 때면 키위처럼 눈물로 시간을 보내는 날이 많아졌다. 결혼을 한 뒤, 조금씩 달라져가는 남편의 모습을 보면서 그녀는 우울증에 빠졌다. 그러나 두 사람이 발코니에 앉아서 함께 시간을 보낼 때 키위는 깊은 고민에 빠져서 아내가 우울증 때문에 말이 없어졌다는 것을 전혀 느끼지 못했다. 키위는 앞으로 자신에게 닥칠 일을 걱정하는 동안 아내의 말수가 줄어들어 억지웃음을 짓지 않게 된 것을 다행으로 여겼다.

어느 날 키위는 산책을 하고 집 안으로 들어서다가 어디선가 들려오는 울음소리를 듣게 되었다. 그는 머리를 갸웃거리면서 울음소리가 나는 곳으로 갔다. 울음소리는 발코니에서 들려왔다. 코쿠아는 발코니 구석에 엎드려 마치 길을 잃은 어린아이마냥 슬피 울고 있었다. 키위는 천천히 아내 곁으로 다가갔다. 그리고 아내의 얼굴을 손으로 쓰다듬었다.

"코쿠아, 당신 마음이 편해진다면 마음대로 울어도 괜찮아. 하지만 나는 당신이 늘 행복한 모습이었으면 좋겠어. 당신이 행복할 수만 있다면 내 목숨이라도 내줄 거야."

코쿠아는 고개를 들고 키위를 바라보았다.

"행복이라고 했나요?"

그녀는 담담하게 말했다.

"키위, 당신과 내가 결혼하기 전에 모든 사람들은 당신이 행복한 사람이라고 말했어요. 당신의 입가에는 늘 웃음과 노랫소리가 떠나지 않았고 얼굴은 항상 햇살처럼 밝았습니다. 그런데 저와 결혼을 하면서 당신의 모습은 달라졌어요. 제게 부족한 것이 무엇인지 모르겠지만 당신은 저와 결혼을 한 뒤로 웃음을 잃어버렸어요. 제게 부족한 것이 무엇인가요? 전 당신을 기쁘게 해주기 위해 노력하고 있어요. 그리고 당신을 내 남편으로 사랑하고 있어요. 그런데 당신 얼굴에 걱정이 가득한 이유는 뭔가요? 전 당신의 행복을 위해서라면 목숨까지도 바칠 수 있어요."

"코쿠아! 난 당신을 믿어요."

키위는 아내 옆으로 다가가 손을 잡으려고 했지만 그녀는 손을 잡지 않았다.

"코쿠아, 내 사랑하는 아내여. 난 당신에게 작은 고통이라도 안겨주고 싶지 않아서 그런 것뿐이오. 당신이 내마음을 모르고 하는 소리인 것 같으니 내 다 말하리다. 내 이야기를 들으면 내 마음을 조금이나마 이해할 것이고 내 당신을 얼마나 사랑하는지도 알 것이오. 내가 당신을 얻기 위해서 지옥의 불구덩이도 마다하지 않았다는 사실을 말이오. 난 당신을 처음 만난 순간부터 지금까지 단 일분도 당신을 사랑하지 않은 적이 없었소. 당신은 언제나 내게 기쁨을 안겨주는 유일한 사람이기 때문이오."

그렇게 이야기를 시작한 키위는 아내에게 처음부터 지금까지 있었던 일을 하나도 빠짐없이 들려주었다. 키위의 이야기를 들은 코쿠아는 담담하게 말했다.

"이야기를 들으니 당신의 마음을 이해할 수 있을 것 같아요. 당신의 고통을 몰랐던 절 용서해 주세요. 그리고 당신이 죽어서 지옥의 불구덩이에서 당할 고통을 생각하니 제 마음도 너무나 고통스러워요. 그렇지만 이제 너무 걱정하지 말아요. 절 사랑해서 당신이 받는 고통이라면 저 또한 당신을 위해 온몸을 바칠 거예요. 당신이 가는 곳이라면 지옥 끝까지라도 전 따라갈 거예요. 당신은 절 사랑해서 영혼까지 팔았는데 그런 당신을 구할 수만 있다면 저 또한 무슨 일이든지 할 거예요. 당신은 절 못 믿나요?"

"코쿠아, 당신이 설령 생명을 바친다 한들 그게 다 무슨 소용이겠소. 그렇게 되면 죽는 날까지 난 홀로 남아 또 다른 고통 속에서 지내야 할 텐데."

"키위, 당신이 모르는 것이 있어요. 난 호놀룰루에서 학교를 다녔어요. 내게도 다 생각이 있어서 그래요. 내가 당신을 구할 수 있는 방법을 알아요. 당신이 1센트에 그 병을 샀다고 했죠? 이 세상에는 미국이라는 나라만 있는 게 아니에요. 다른 나라도 많아요. 영국에는 우리 돈 1센트의 절반의 가치를 가진 파딩이라는 동전이 있어요. 휴! 그렇지만 병을 사는 사람은 저주를 받는데 그 누가 선뜻 그 병을 사겠다고 할지. 게다가 당신처럼 용감한 사람이 흔하지도 않을 테고……. 아, 또 프랑스에는 상팀이라는 동전이 있는데 1센트의 오분의 일 정도의 가치밖에 안 돼요. 이제 우리에게 방법은 그것밖에 없는 것 같군요. 키위, 우리 당장 프랑스령의 섬으로 떠나요. 배가 타이티까지 운항을 하니까 당장 떠나자고요. 그곳에서 4상팀, 3상팀, 2상팀, 1상팀 어떤 값에라도 이 병을 팔면 되잖아요. 자, 이제 괜한 걱정은 다 접어두고 기운을 내요. 당신에겐 제가 있잖아요. 이제부터 제가 당신을 지켜드릴게요."

"당신은 하느님이 내게 주신 선물이오. 내게 이렇게 지혜롭고 천사 같은 당신을 만나게 해주시다니, 이제 하느님이 내게 어떤 벌을 내려도 달게 받겠소. 그리고 코쿠아 당신이 하자는 대로 내 모두 따르리다. 내 당신에게 내 목숨과 영혼을 맡기겠소."

키위는 사랑이 가득 담긴 손으로 코쿠아의 얼굴을 감싸쥐었다. 키위의 가슴에는 아침에 떠오르는 태양처럼 빛나는 희망이 가슴속에서 꿈틀거렸다.

마법의 병을 찾아서

다음날 새벽 코쿠아는 여행 떠날 준비를 했다. 지난날 키위가 항해를 할 때 가지고 다녔던 상자 모양의 가방을 꺼내 병을 한쪽 구석에 넣고 집에 있는 값비싼 장식품들을 눈에 띄는 대로 넣었다.

"우리가 돈 많은 부자라는 걸 모든 사람에게 소문을 내야 해요. 그렇지 않으면 병의 비밀을 아무도 믿지 않을 테니까 말이에요."

여행 준비를 하면서 코쿠아는 굳은 결심을 한 사람처럼 바쁘게 몸을 움직이면서 혼자 중얼거렸다. 그러다가 남편의 얼굴을 바라볼 때면 감정이 복받쳐 올랐는지 눈

시울을 적시면서 키위에게 달려가 키스를 해주었다. 키위는 가슴에 묻어둔 비밀을 아내에게 털어놓은 탓에 마음이 가벼워졌다. 키위는 새로운 희망에 대한 감사의 기도를 올렸다.

키위의 발걸음은 날아갈 듯 가벼웠다. 살아서 숨을 쉰다는 사실이 가슴 가득 기쁨으로 벅차오르는 것을 느꼈다. 그러다가 갑자기 마음속에 남아 있는 두려움이 고개를 들면 바람 앞의 촛불처럼 얼굴에는 핏기가 사라졌다. 그리고 지옥의 불기둥이 솟아오르는 소리가 들리는 듯한 환청에 빠졌다.

두 사람은 마을 사람들에게 미국 본토로 여행을 떠난다고 소문을 냈다. 갑작스런 두 사람의 여행이 이상하게 보일 수도 있었을 텐데 아무도 그런 생각을 하지는 않았다. 두 사람은 홀 호를 타고 호놀룰루로 가서 원주민들이 많이 타는 샌프란시스코행 우마틸라호를 탔다.

샌프란시스코에 도착한 두 사람은 남쪽에 있는 프랑스령인 파피트로 가는 트로픽 버드 범선 표를 끊었다.

그리고 두 사람은 순조로운 항해 끝에 무역풍이 부는 화창한 날 목적지에 도착을 했다. 요트가 떠 있고 야자수가 즐비하게 심어져 있는 바닷가에는 흰색 페인트를 칠한 지붕 낮은 아름다운 저택들이 줄지어 있었다. 저택들 뒤로는 멀리 높게 솟은 산이 어렴풋이 앉아 있었다.

두 사람은 제일 먼저 지낼 집을 구하는 것이 급하다고 생각했다. 그래서 영국 영사가 사는 관사 맞은편에 집을 샀다. 그리고 이사 하는 날 두 사람은 돈이 많다는 걸 소문 낼 생각으로 짐을 가득 실은 마차를 타고 갔다. 두 사람에게는 도깨비 병이 있어서 돈 걱정은 할 필요가 없었다. 코쿠아는 키워보다 통이 커서 돈이 필요하면 언제든지 도깨비에게 돈을 달라고 부탁했다. 얼마 지나지 않아 두 사람은 마을에서 부자로 소문이 났다. 하와이에서 온 부부가 마차를 몰고 다니면서 돈을 물 쓰듯 쓰고 다닌다는 이야기는 금세 온 동네로 퍼져나갔다.

또한 다행인 것은 타이티 말은 하와이 말과 철자만 몇 개 달라서 두 사람이 이곳 사람들과 말을 주고받는데

전혀 불편이 없었다. 두 사람은 마을 사람들과 말이 통하자 병을 어떻게 팔까 여러 가지 궁리를 했다. 우선 마을에서 얼굴을 아는 사람에게 돈과 명예, 그리고 행복을 가져다주는 병을 4상팀만 주고 사가라고 설명하기란 결코 쉬운 일이 아니었다. 더군다나 병의 저주도 함께 설명해야 했기 때문에 사람들을 설득하기란 쉽지가 않았다. 뿐만 아니라 두 사람이 병을 팔려고 이야기를 시작하면 사람들은 거짓말이라며 믿지를 않거나 병의 저주에 겁을 집어 먹기 일쑤였다. 사람들은 이로 인해 키위와 코쿠아가 마치 저주를 몰고 다니는 사람인 양 슬금슬금 피하거나 도망을 쳤다.

병을 팔 기회는 생기지 않고 이런 일만 계속 반복해서 일어났다. 이제 마을사람들은 두 사람을 만나면 저주가 따라온다고 믿게 되었다. 어른들뿐 아니라 아이들조차 두 사람을 만나면 비명을 지르면서 도망치기에 바빴다. 코쿠아는 남편과 자신이 마을 사람들에게 저주를 가져다주는 사람으로 생각하는 것에 대해 견딜 수 없는 고

통을 느꼈다. 가톨릭 신자들조차 두 사람을 보면 가슴에 십자가를 그었다. 그 동안 애써 사귀었던 사람들조차 핑곗거리를 대면서 두 사람과 만나는 것을 꺼렸다.

사람들에게 외면당한다고 생각한 두 사람은 풀이 죽어버렸다. 그러나 아침이면 어김없이 병을 팔러 집을 나섰다. 밤이 되면 지친 몸으로 돌아와 두 사람은 한숨을 내쉬었다. 코쿠아는 때로 참았던 눈물을 흘리곤 했다.

두 사람은 함께 기도도 해보고 병을 꺼내 들고 병 속에서 움직이는 도깨비를 말없이 지켜보기도 했다. 그런 날이면 무서운 생각이 들어 두 사람은 뜬눈으로 밤을 지새웠다. 깜박 잠이 들었다가도 깨어보면 두 사람 가운데한 사람은 소리 없이 눈물을 흘렸고 그 모습을 물끄러미바라볼 수밖에 없었다. 그러다가 견디기 힘들면 밖으로뛰쳐나와 달빛이 비추는 정원과 해변을 거닐곤 했다.

어느 날 밤 코쿠아는 잠에서 깨어났다가 옆에 있어야할 남편이 없어진 것을 알았다. 침대에 온기가 없는 것으로 보아 집을 나선 지 오래된 것이 분명했다. 갑자기 코쿠아는 불길한 생각이 들어서 벌떡 자리에서 일어나 앉았다. 유난히 밝은 달빛이 창을 통해 방안을 비추었다. 달빛이 방안을 너무 환하게 밝혀서 바닥에 놓인 병조차 보일 정도였다. 창밖에는 심한 바람소리와 함께 나무들이 흔들렸고 떨어진 나뭇잎이 베란다에 굴러다녔다. 그런데 바람소리와 함께 이상한 소리가 섞여서 들려왔다. 짐승의 울음소리인지 사람이 우는 소리인지 알 수는 없었지만 마치 죽음을 앞둔 것처럼 사람의 마음을 깊게 파고드는 소리였다. 코쿠아는 소리 없이 침대에서 내려와 창문을 열고 달빛이 비추는 정원을 내려다보았다. 그곳에는 키위가 바나나무 아래 엎드려 통곡을 하고 있었다.

코쿠아는 그 모습이 너무 안타까워 달려가서 안아주려다가 다시 마음을 고쳐먹었다. 남편이 자기 앞에서는 용감하고 당당한 모습을 보이다가 혼자 몰래 우는 모습을 들킨 것을 알면 마음이 상할 것 같았기 때문이다. 코쿠아는 남편의 자존심을 건드리고 싶지 않아서 조용히

창문을 닫았다. 그리고 그 자리에 무릎을 꿇고 앉아 눈을 감고 두 손을 모았다.

"하늘이시여! 내가 얼마나 생각이 부족했는지 알 것 같습니다. 영원히 고통을 받아야 할 사람은 남편이 아니라 나라는 것을. 보잘 것 없는 나를 사랑한 이유만으로 지옥의 불구덩이에서 고통을 받아야 하고 이렇게 홀로 남몰래 고통을 당해야 하다니. 저는 지금까지 남편의 고통을 모른 체하며 살아왔습니다. 내 이제 맹세하노니 먼 훗날 천국에서 날 기다릴 친지와 친구들과 헤어져 사랑을 위해 지옥의 저주도 마다하지 않은 사랑하는 남편에게 사랑으로 보답하겠습니다. 이제 남편의 운명은 내 운명이 되었습니다. 내 기꺼이 사랑하는 남편과 함께 지옥의 불구덩이도 마다하지 않을 것입니다."

마음속으로 굳게 다짐을 한 코쿠아는 재빨리 옷을 갈아입고 집에 보관해 두었던 동전주머니를 챙겼다. 그리고 살짝 뒷문을 통해 거리로 나섰다. 코쿠아가 거리로 나서자 바람이 심하게 불면서 달빛으로 환하던 하늘이 갑자기 구름에 가려 어두워졌다. 모두 잠든 밤 시내를 향해 발걸음을 옮기던 코쿠아는 나무 아래서 들려오는 기침소리를 들었다. 거기에는 몹시 아픈 듯한 늙은 노인이 엎드려 있었다. 코쿠아는 노인 곁으로 다가갔다.

"이렇게 깊은 밤에 늙으신 분이 혼자서 왜 이곳에 계십니까?"

노인은 기침을 하느라 아무 말도 하질 못했다. 노인은 가난과 병에 찌든 모습이었지만 이곳에 사는 원주민은 아니었다. 코쿠아는 다시 노인을 향해 간절한 모습으로 말했다.

"영감님, 제 부탁 하나만 들어주시겠습니까? 보아하니 이곳에 사는 분은 아닌 것 같은데 타향사람끼리 도와주는 셈치고 말입니다. 저는 멀고 먼 고향 하와이를 두고 이곳에서 꼭 이루어야 할 소원을 가지고 온 사람입니다. 절 도와주지 않겠습니까?"

기침을 멈춘 노인을 코쿠아를 가만히 바라보았다.

"아, 이제 보니 당신은 바로 하와이에서 온 마녀로군.

내 영혼을 빼앗으려고 왔는지 모르겠지만 난 당신 소문을 사람들에게 들어서 잘 알고 있어. 당신의 저주를 내 모르는 바 아니오."

"잠시만 앉아서 제 얘기를 들어주십시오."

코쿠아는 노인한테 남편에게 있었던 일들을 자세히 들려주었다.

"저는 그의 아내이고 남편은 저 때문에 영혼을 팔았습니다. 그러니 제가 어떻게 해야 하겠습니까? 내가 남편에게 그 병을 사겠다고 하면 분명히 팔지 않을 겁니다. 그러나 영감님께서 부탁하시면 기꺼이 병을 팔 겁니다. 영감님께서 제 남편에게 4상팀을 주고 오시면 제가 그걸 다시 영감님에게 3상팀으로 되사겠습니다. 그러니 절 도와주십시오. 영감님께서 병을 사다 주신다면 저는 여기서 기다리겠습니다."

노인은 코쿠아의 이야기에 감동을 했는지 고개를 끄덕였습니다.

"만약 당신이 지금 날 속이려는 수작이라면 하늘이

벼락을 내릴 것이오."

"하늘에 맹세하건대, 저는 약속을 꼭 지킬 겁니다. 저는 한번도 사람들을 속인 적이 없습니다. 만약 제가 영감님을 속인다면 하느님이 절 용서하지 않을 겁니다."

"그럼 내게 4상팀을 주고 여기서 기다리시오."

코쿠아에게 동전 4상팀을 건네받은 노인은 어둠 속으로 사라졌다. 코쿠아는 그런 노인의 뒷모습을 바라보면서 마음이 무거워졌다. 길가에서 노인을 기다리는 동안 세찬 바람이 불어왔다. 바람은 마치 지옥의 불길처럼 코쿠아의 몸을 무섭게 휘감고 지나갔다. 길가 가로등에 드리워진 그림자는 마치 악마의 손길처럼 느껴졌다. 코쿠아는 몸에 힘이라도 남아 있었다면 멀리 도망치고 싶었다. 또한 숨을 제대로 쉴 수만 있었다면 소리라도 지르고 싶었지만 겁에 질린 코쿠아는 어린아이마냥 자리에서 꼼짝도 하지 않았다.

얼마 뒤 노인이 돌아오는 모습이 희미하게 보였다. 노인은 옆구리에 도깨비 병을 끼고 힘겹게 코쿠아 곁에

다가왔다.

"내 당신 부탁대로 병을 샀소. 내게 병을 판 당신 남편은 마치 어린아이처럼 좋아하며 웁디다. 아마 오늘밤 당신 남편은 편히 잠들 수 있을 것이오."

노인은 기침으로 콜록거리면서 병을 내밀었다.

"영감님, 그 병을 내게 주기 전에 소원을 한 가지 빌어 보시지요. 기침을 멎게 해 달라거나 하는 소원을 말입니다."

"난 이미 나이를 먹을 대로 먹었소. 이 세상을 떠날 날이 얼마 남지 않았는데 저주받은 병에 대고 소원을 빌 생각은 털끝만큼도 없소. 그런데 왜 병을 안 받으려고 하시오? 혹시 마음이 바뀌기라도 했소?"

"천만에 말씀입니다. 마음이 바뀌다니요. 저 또한 그저 마음 약한 평범한 사람인지라 그러니 잠시 마음을 가다듬을 시간을 주십시오. 온몸이 떨려서 그렇습니다. 병을 사겠다고 말은 했지만 아직까지 저주받은 병을 받을 마음의 준비가 안 되었으니 잠시만 기다려주십시오."

노인은 코쿠아를 걱정스런 얼굴로 바라보았다.

"불쌍한 사람 같으니. 당신의 마음은 당신의 의지와는 상관없이 이 병을 가질 준비가 안 되었구려. 그럼 내가 보관하리다. 나야 이미 살 만큼 이 세상을 살았으니 더 이상 무슨 미련이 있겠소. 내 저승에 가더라도……!"

"아닙니다. 그 병을 저에게 주십시오. 여기 돈이 있습니다. 저는 하늘 같은 약속을 저버리고 다른 사람을 불행 속에 빠뜨려놓고 저 혼자 행복하게 살 수는 없습니다. 그 병을 이리 주십시오."

코쿠아는 노인에게서 병을 받아 주머니에 넣고 노인에게 감사의 인사를 했다.

"하느님의 은총이 당신과 함께 하길……."

노인은 코쿠아를 가여운 듯이 바라보았다. 코쿠아는 노인과 헤어진 뒤 발길이 닿는 대로 거리를 돌아다녔다. 발길이 어디를 향하든지 아무런 생각도 나질 않았다. 다만 발길이 이끄는 대로 어느 길이나 다 그 길이 그 길 같았다. 그 길은 지옥으로 향하는 길이었다. 코쿠아는 길

을 걷다가 가슴이 답답해지면 가슴이 터질 듯이 달려가다가 어두운 밤하늘을 향해 소리를 지르기도 하고 길가에 쪼그리고 앉아 훌쩍훌쩍 울기도 했다. 사람들이 지옥에 대해 이야기하던 끔찍한 모습들이 머릿속에 떠오르면 온몸을 떨었고, 하늘까지 치솟은 지옥의 불기둥에 살이 타들어가는 냄새가 나는 것 같기도 했다. 그는 태어나서 처음으로 불길에 몸이 타는 듯한 고통을 느껴야했다. 이제 그녀에게는 살아 있다는 것이 곧 고통이었다.

코쿠아는 새벽이 돼서야 집으로 돌아갔다. 노인의 말처럼 키우는 간난아이처럼 평화롭게 잠들어 있었다. 그녀는 편하게 잠든 남편 모습을 물끄러미 내려다보면서 중얼거렸다.

"이제 당신은 언제나 편안하게 잠이 들 것입니다. 잠에서 깨어나면 가슴속에서 우러나오는 노래를 부르고 기쁨에 겨운 웃음을 터뜨릴 것입니다. 그러나 저는 이제 기쁨의 웃음도, 기쁨의 노래도 아무것도 누릴 수가 없게 되었습니다. 이제 제 삶은 살아서나 죽어서나 이 세상

모든 곳이 지옥입니다."

코쿠아는 눈물을 흘리면서 말을 마치고 남편 곁에 가만히 누웠다. 잠시 뒤 지칠 대로 지친 그녀는 깊은 잠에 빠져버렸다.

사랑의 선물

    늦잠에서 깨어난 키위는 아내를 흔들어 깨운 뒤 반가운 소식을 들려주었다. 키위는 도깨비 병을 다른 사람에게 팔았다는 기쁨 때문에 아내가 풀이 죽어 있다는 것을 전혀 눈치 채지 못했다. 코쿠아는 말이 막혀 한마디도 말할 수가 없었다. 키위는 기쁨에 겨워서 쉴 새 없이 떠들어댔다. 남편과 아침식사를 하는 동안에도 코쿠아는 스프 한 숟갈도 뜨지 못했다. 그러나 키위는 아내가 밥을 못 먹는다는 것을 전혀 눈치 채지 못했다. 코쿠아는 무엇엔가 홀린 것처럼 멍하니 남편의 모습을 바라보았다. 때로 정신이 멍해져서 머리를 흔들어 정신을 가다듬었다. 이제 자신은 저주받을 운명인데 신이 나서 떠드는 남편의 모습을 보고 있노라면 이런 것이 진정한 행복일까 하는 생각이 들기도 했다.

키위는 이제 이곳에 온 목적을 이루었으니 고향으로 돌아가자고 말했다. 그러고는 아내에게 자신의 목숨을 살려준 구세주라며 몇 번이나 인사를 했다. 또한 자신에게 병을 사 간 노인이 얼마나 어리석은지 모르겠다면서 웃음을 터뜨렸다.

"똑똑한 노인처럼 보였는데, 사람은 겉모습만 보아선 알 수 없다는 말이 맞는 모양이야. 살 만큼 산 노인인데 뭐가 부족해서 그 병을 탐낸단 말인가?"

"그 노인이 은혜를 베푸느라 그랬는지도 모르잖아요."

키위는 아내의 말에 덜컥 화를 냈다.

"쓸데없는 소리 하지 마시오. 노인의 모습을 보니 거지임에 틀림없고 게다가 죽을 날도 멀지 않아 보였어. 틀림없이 노인이 욕심을 낸 게 확실해. 그 병을 4상팀에 팔기도 어려운데 다른 사람에게 3상팀에 판다는 것은 생각할 수조차 없는 일이지. 병의 값은 더 이상 내려 갈 수가 없지."

키위는 자신의 생각이 틀림없다는 듯이 다시 말했다.

"내가 그 병을 1센트에 살 때만 해도 난 그보다 적은 돈이 세상에 있으리라곤 생각도 못했어. 내가 모르는 것이 너무 많아서 고생을 사서 한 거지. 이제 그 병의 주인은 지옥까지 병을 가져갈 수밖에 없어."

"여보, 내 목숨을 구하자고 다른 사람을 저주의 구렁텅이에 몰아넣는 것은 좋은 일이 아니잖아요? 난 그 노인이 무슨 뜻으로 병을 샀든, 그가 그 병으로 무엇을 하든 비웃고 싶지 않아요. 내가 당신이라면 그 노인을 위해서라도 겸손하고 슬픈 마음을 가질 거예요. 불쌍한 병 주인을 위해서 기도하겠어요."

키위는 아내의 이야기가 너무나 가슴을 찔러서 더욱 화가 났다.

"당신이 노인을 안타깝고 불쌍하게 생각하는 것은 자

유야. 하지만 내 아내가 그런 말을 하는 것은 용서할 수가 없소. 당신이 내 마음을 조금이라도 생각한다면 당신이 한 말은 우리 가슴에 못을 박는 일이요."

말을 마친 키위는 화가 머리끝까지 난 얼굴로 밖으로 나가버렸다. 코쿠아는 화가 난 얼굴로 집을 나가는 남편 뒷모습을 가만히 바라보았다. 그리고 곰곰이 생각해 보았다. 병을 2상팀에 팔 수 있는 확률은 얼마나 될까 하고. 하지만 병을 판다는 것이 불가능에 가깝다는 것을 그녀는 알고 있었다. 더군다나 병을 팔 가능성이 없는 것은 아니지만 사정을 모르는 남편은 돈 가치가 높은 고향으로 돌아가자고 한다. 거기다가 남편을 위해서 병을 되산 자신의 마음도 몰라주고 오히려 화를 내고 집을 나가버린 남편이었다.

키위는 오래지 않아 집에 돌아와 아내에게 마차를 타고 바람이나 쐬러 가자고 했다.

"여보, 지금 전 몸이 안 좋아요. 마음이 편치 않아서 지금은 바람을 쐬고 싶지 않아요."

아내의 말에 키위는 더욱 화가 났다. 키위는 아내가 노인만 생각하는 것 같았고, 더군다나 자신이 노인에게 병을 판 것이 잘못된 일로 생각하는 것처럼 보였기 때문이다. 거기다가 노인에게 병을 판 뒤 행복하게 살면 더더욱 안 될 것처럼 여겨졌기 때문이다.

"이것이 당신이 생각하는 마음이오. 당신은 날 사랑하는 줄 알았는데 그게 아니었나 보군. 내 당신을 얻기 위해서 저주의 대가를 치렀고 이제 다시 저주에서 막 벗어났는데 당신은 조금도 기뻐하지 않는구려. 도대체 당신은 나와 노인 가운데 누구를 더 마음에 두는 것이오?"

키위는 아내에게 화를 내고는 집을 나가 버렸다.

사랑이 끄는 수레

키위는 하루 종일 발길이 닿는 대로 시내를 돌아다녔다. 친구를 만나서 술을 마시고 마차를 빌려서 한적한 시골 구경도 했다. 그리고 그곳에서 또다시 술을 마셨다. 그러나 키위는 왠지 마음 한구석이 편치 않음을 느꼈다. 자신은 행복한 마음을 가졌는데 아내는 그로 인해 슬퍼하고 있으니 말이다. 더군다나 마음 한 구석에서는 아내가 한 이야기가 모두 옳다는 생각이 들자 술을 더욱더 마셨다.

마침 키위는 하올로 원주민과 함께 술을 마시고 있었다. 하올로 원주민 사내는 고래잡이배의 갑판장으로 일하다 너무 힘들어 도망을 쳐서, 금 캐는 광산에서 광부로 일하기도 했다. 뿐만 아니라 그는 안 해본 일이 없을 정도로 많은 일을 했으며 교도소에서 옥살이까지 한 사람이었다. 그는 생각하는 것이 단순했고, 입이 거칠어서 욕을 입에 담고 살았다. 술 마시기를 너무나 좋아해서 그의 취미는 상대방을 술에 취하게 만드는 것이었다. 그는 키위에게 억지로 술을 권했고 술잔을 주거니 받거니 하다가 마침내 돈이 다 떨어져 버렸다.

"이봐, 친구! 돈 좀 내놔 보게. 자네는 항상 돈이 많다고 자랑하지 않았는가. 그 뭔가, 요술 병인지 뭔가가 있다고 늘 자랑하지 않았는가?"

"돈이 모자라면 집에 가서 아내에게 돈을 달라고 하겠네. 모든 재산은 아내가 관리를 하니까."

"이런 정신 나간 친구 보게. 자네는 어떻게 여자에게 돈을 맡기는가? 세상에서 못 믿을 게 여자라네. 혹 부인이 자네 모르게 부정한 짓을 하거나 나쁜 일을 꾸밀지 모르니 항상 눈여겨보게."

술기운이 오른 키위는 사내의 말에 귀가 솔깃해졌다. 요즘 아내의 말이 자꾸만 거슬리던 참이어서 사내의 이야기는 가슴 깊이 파고들었다.

"아내가 나 모르게 부정한 짓을 저질렀을지도 모르는 일이야. 내가 저주에서 벗어났어도 아내는 기쁜 얼굴을 하기는커녕 슬픈 얼굴인걸 보면 뭔가 수상해. 내 당장 집에 가서 확인하고 말겠어."

키위는 당장 확인하기로 마음을 먹고 사내와 함께 집이 있는 마을로 돌아왔다. 사내를 마을 아래 교도소 앞 길모퉁이에서 기다리게 하고 키위는 혼자 집을 향해 걸어갔다. 어느새 밤이 찾아왔고 달빛이 희미하게 비추는 밤이었다. 키위는 집 모퉁이를 살금살금 다가가 뒷문을 열고 집안을 바라보았다.

마침 코쿠아는 방바닥에 앉아서 슬픈 모습으로 병을 바라보고 있었다. 긴 주둥이에 우윳빛을 띤 병을 앞에 놓고 코쿠아는 머리를 감싸쥐면서 괴로운 표정을 지었다.

아내의 모습을 본 키위는 바위처럼 몸이 굳어서 꼼짝

도 못하고 지켜만 볼 뿐이었다. 잠시 뒤 키위는 엉뚱한 생각을 했다. 샌프란시스코에서처럼 너무 비싼 값에 병을 팔아서 병이 되돌아왔을지도 모른다는 생각이 들어 온몸의 힘이 한꺼번에 빠져나가는 것을 느꼈다. 잠시 뒤 술이 조금 깨자 머리가 맑아졌다. 그리고 지난 일들을 천천히 생각해보고는 이내 얼굴을 붉혔다.

'내 생각이 맞는지 물어봐야지' 하고 키위는 조용히 창문을 닫고 집 모퉁이를 돌아갔다. 그리고는 대문을 활짝 열고 발 딛는 소리가 들리도록 큰소리를 내면서 집안으로 들어갔다. 그가 집에 들어서서 방안을 둘러보았으나 병은 보이지 않았다. 코쿠아는 의자에 앉아서 잠이 들었다가 깬 듯한 얼굴로 자리에서 일어났다.

"코쿠아, 하루 종일 친구들과 어울려 술을 마시면서 즐거운 시간을 보냈다오. 마음이 통하는 친구들과 있다 보니 기분이 너무나 좋아져서 시간 가는 줄도 몰랐어. 돈도 다 떨어졌고 말이야. 그래서 돈을 가지러 왔소. 지금 친구들이 기다리고 있으니 돈을 가지고 다시 나가봐야 할 것 같소."

키위는 굳은 얼굴로 딱딱하게 말했지만 코쿠아는 머리가 복잡해서 남편의 이러한 모습을 느끼지 못했다.

"당신 마음대로 돈을 가져가세요."

코쿠아는 고개를 숙인 채 가녀린 목소리로 말했다.

"알았소."

키위는 돈을 꺼내려고 고향에서 가져온 상자를 열었다. 상자 안에는 도깨비 병이 보이지 않았다.

그러나 그 다음 키위는 하늘이 무너지는 듯 가슴이 '쿵' 하고 내려앉았다. 그는 갑자기 머리가 어지러워 그 자리에 풀썩 주저앉고 말았다. 너무나 크게 놀라서 어쩔 줄 몰라 안절부절했다. 하늘이 노래지고 눈앞에 아무것도 보이질 않았다.

'내가 가장 걱정했던 일에 벌어지고 말았어. 아내가 병을 산 것이 틀림없어.' 그는 마음속으로 중얼거렸다. 그는 정신을 차리고 바닥에서 일어났지만 온몸에 식은 땀이 줄줄 흘렀다. 키위의 얼굴은 하얀 종이처럼 핏기

잃은 모습으로 변해 있었다.

"코쿠아, 내가 지금 친구들과 한잔 하다가 와서…….
다시 친구들에게 가야 하는데 당신이 날 용서해 주면 술
맛이 훨씬 좋을 것 같아?"

키위는 어색하게 웃으면서 코쿠아의 얼굴을 바라보
았다.

코쿠아는 남편의 무릎을 두 손으로 붙잡고 눈물 범벅
이 된 얼굴로 무릎에 키스를 퍼부었다.

"전 당신이 다시는 제게 말을 안 할 줄 알았어요."

"앞으로 우리는 서로에게 상처가 되는 말은 하지 않
도록 합시다."

키위는 말을 마치고 도망치듯 집을 빠져나왔다.

키위가 집에서 가지고 온 돈은 그가 처음 타이티에
왔을 때 가져왔던 상팀 동전이었다. 이제 그는 더 이상
술을 마실 기분이 아니었다. 아내가 자신 몰래 온몸을
바쳐 저주를 풀어준 것처럼 그 또한 이제는 아내의 고통
을 온몸을 바쳐 풀어주어야겠다는 마음뿐 그 어떤 생각

도 할 수가 없었다.

사내는 교도소 건물 모퉁이에 서서 키위를 기다리고 있었다. 키위는 사내를 향해 무겁게 입을 열었다.

"아내가 지금 도깨비 병을 가지고 있다네. 자네가 그 병을 지금 찾아오지 않으면 돈도 생기지 않을 것이고 더 이상 술도 마실 수가 없다네."

키위의 이야기를 들은 사내는 눈을 크게 뜨고 바라보았다.

"아니, 정말 자네 그 병에 대한 소문이 사실이었단 말인가?"

사내는 침을 꼴깍 삼키면서 물었다.

"불행하게도 저기 서 있는 가로등 불빛처럼 사실이라네. 내가 지금 자네에게 농담하는 것처럼 보이나?"

"그러고 보니 자네 얼굴이 굳어진 것을 보니 농담은 아닌 것 같군."

"내 말을 믿는다면 여기 2상팀을 줄 테니 우리 집에 가서 내 아내에게 그 병을 사겠다고 말하게. 그러면 내 짐작대로 아마 그 병을 자네에게 팔 걸세. 그 병을 자네가 사면 내게로 가져오게나. 내가 1상팀을 주고 도로 살 테니까 말일세. 그 병의 비밀은 처음 샀을 때보다 비싸게 팔아서는 안 된다는 것일세. 하지만 자네는 절대로 아내에게 내가 보내서 왔다는 말을 꺼내선 안 되네."

"설마 자네가 날 놀리는 건 아니겠지?"

"내가 자네에게 농담을 한다고 자네에게 해가 되는 건 없지 않은가. 믿어보게나."

"하긴 그건 그렇지."

"내 말이 정 믿기지 않으면 자네가 직접 한번 실험을 해 보게. 병을 산 뒤, 우리 집에서 나오거든 자네 주머니에 돈이 가득 있었으면 좋겠다고 소원을 빌어보게. 아니면 자네가 좋아하는 럼주를 달라고 하던가. 그 병은 자네의 그 어떤 소원도 들어줄 것이네."

"좋아. 내가 속는 셈치고 한번 빌어보지. 하지만 날 놀리려고 한 거짓이라면 난 자네를 가만두지 않을 걸세."

사내는 키위의 집을 향해 어둠 속으로 사라져갔다. 키위는 그 자리에서 꼼짝도 않고 서서 사내가 돌아오기를 기다렸다. 사실 키위가 모르는 것이 하나 있었다. 그것은 코쿠아가 노인에게 남편에게서 병을 사달라고 부탁한 뒤 기다리던 곳이 바로 지금 키위가 서 있는 곳이라는 것을. 키위는 사내가 돌아오면 병을 다시 사리라고 굳게 마음을 먹었다. 잠시 행복에 빠져들었던 그의 가슴속은 다시 깊은 한숨으로 채워져 갔다.

키위는 아주 오랫동안을 기다린 뒤에야 사내의 노랫소리가 멀리서 들려오는 것을 느꼈다. 노래를 부르는 사람이 사내인 것을 쉽게 알 수 있었지만 그의 목소리는 술에 잔뜩 취한 듯한 목소리로 들렸기 때문이다. 그는 몸을 비틀거리면서 가로등 불빛 아래 있는 키위 곁으로 다가왔다. 도깨비 병은 그의 낡은 코트 주머니에 들어 있었고 그의 손에는 술병이 하나 들려 있었다. 그는 키위 곁으로 다가오면서도 연신 술병을 들고 술을 들이켰다.

"자네가 드디어 내 아내에게서 병을 사왔군."

키위는 사내 곁으로 다가갔다. 그러자 사내는 뒤로 물러서면서 큰 소리로 소리쳤다.

"내 몸에 손대지 말게. 자네가 내 곁에 다가오면 내 주먹이 자네 얼굴을 한방 먹일 걸세."

사내는 비틀거리면서 다시 말했다.

"자네가 날 바보로 아는가?"

"그게 무슨 말인가?"

키위는 영문을 몰라 사내의 얼굴을 물끄럼이 바라보았다.

"무슨 말이냐고? 내 말은 이 병이 내 맘에 쏙 든다는 것이지. 이런 병을 어떻게 2상팀이라는 헐값에 샀는지 아직도 이해가 안 가지만 자네에게 1상팀에는 절대로 팔수가 없다는 걸세."

"나한테 안 팔겠다고?"

"절대로 안 팔고말고! 원한다면 럼주는 마음껏 줄 수가 있지."

"내 솔직히 말하면 그 병을 지닌 채 죽은 사람은 반드시 지옥에 간다는 것이네."

"난 어쨌든 지옥에 떨어질 인간이라네. 이 병은 내가 지금까지 가져본 물건 가운데 가장 마음에 드는 거네. 그러니 이 병은 절대로 팔 수 없어. 이 병의 주인은 이제부터 나니까 말이야. 자네가 정 갖고 싶으면 다른 데 가서 사라고! 자네와 한 약속은 처음부터 없었던 거라고."

"자네 정말 제정신으로 하는 말인가? 자네를 위해서 하는 얘기이니 제발 그 병을 내게 팔게."

"난 자네 말을 못 믿는다네. 암 못 믿고말고. 내가 그렇게 호락호락한 사람처럼 보이겠지만 천만의 말씀이야. 더 이상 내게 여러 말 할 것 없네. 자네 정말 럼주 안 마실 건가? 그럼 나 혼자 다 마시지 뭐. 자네 건강과 행복을 위하여, 위하여!"

사내는 그렇게 혼자 떠들면서 시내를 향해 걸어갔다. 옆구리에는 도깨비 병을 끼고서 말이다. 사내가 어둠속으로 사라지자 키위는 바람처럼 뛰어서 코쿠아에게로 갔다. 오늘 밤 두 사람은 태어나서 최고로 사랑이 가득

한 행복을 누릴 수 있었다. 결혼식을 올린 뒤 처음으로 두 사람이 함께 느끼는 행복이었다. 사람의 행복과 불행이 어디에서 오는지 알 수가 없었다. 하지만 그 누구도 알지 못하는 행복과 불행이 사람들에게 희망을 주는 것은 아닐까? 새벽이 밝아오도록 키위의 집에는 불이 환하게 켜 있었다.